Chris Higgins

Ilustrado por **Lee Wildish**

edebé

Título original: *My funny family moves house*
Text copyright© Chris Higgins, 2016
Illustrations© Lea Wildish, 2016

First published in Great Britain in 2014
by Hodder Children's Books

© Ed. Cast.: Edebé, 2016
Paseo de San Juan Bosco, 62
08017 Barcelona
www.edebe.com

Atención al cliente 902 44 44 41
contacta@edebe.net

Directora de Publicaciones: Reina Duarte
Editora de Literatura Infantil: Elena Valencia

© Traducción: Teresa Blanch

Primera edición: febrero 2016

ISBN 978-84-683-2482-1
Depósito Legal: B. 1592-2016
Impreso en España
Printed in Spain

Para el bebé Louis.
¡Otra feliz llegada a *mi* loca
familia que no para de crecer!
Gracias a Lauren.

Capítulo 1

Mi mamá es la persona más afortunada de este mundo.

Eso dijo el día de su cumpleaños la semana pasada. Su especial treinta cumpleaños. La nombramos Reina por un día y le organizamos un Espectáculo Real de Variedades en el *hall* de la iglesia. Todo el mundo asistió.

Había más de 200 personas entre el público, la mayoría de nuestro colegio. Incluso vinieron la señora Dunnet (nuestra jefa de estudios), la señora Vozarrón (mi profesora), la señora Pocock (la profesora de V) y el señor McGibbon (el profesor de Stanley) con su esposa e hijos. Toda nuestra familia actuó excepto mamá, papá y el bebé Will.

Fue divertido.

—¡No imaginaba que mi familia tuviera tanto talento! —dijo mamá.

¡Tiene razón, tenemos talento! Pero eso es otra historia.

Ahora que ha acabado el Espectáculo Real de Variedades, todo resulta un poco soso y aburrido. Y abarrotado.

Siempre hay mucha gente en casa porque somos nueve de familia: mamá, papá, mi hermano mayor Dontie, yo, mi hermana V, mi hermano pequeño Stanley, mi hermana pequeña Anika, mi hermano bebé Will, y el perro Jellico. Nuestras edades oscilan entre los treinta y dos años y los seis meses.

Yo me llamo Mattie y tengo nueve años.

Desde que llegó Will el día de Navidad, nuestra casa está llena hasta los topes. Will ocupa un montón de espacio para ser solo un bebé.

En realidad no es él, sino sus cosas. No podemos ver la tele porque su cochecito la tapa. Y Anika, V y yo estamos como sardinas enlatadas en una habitación, mamá, papá y Will como tomates aplastados en otra, y Dontie y Stanley estrujados como un tubo de pasta de dientes en una cama en una diminuta tercera habitación.

—Esta casa impide mi crecimiento —dice V.

—Esta casa atrofia mi desarrollo intelectual —dice Dontie, porque quiere un ordenador propio en su cuarto.

—No —replica mamá—. De todas maneras, no hay donde ponerlo.

—Aquí no puede volar ni una mosca —se queja la abuela a menudo.

—Hay poco espacio —dice mamá.

—Dejad de quejaros, todos vosotros —dice tío Vez—. Cuando era joven dormíamos diez en una cama y no nos pasó nada malo —aunque creo que es una mentirijilla.

Tío Vez es el padre adoptivo de mamá. Es muy mayor y parece un enano de jardín.

Los abuelos son los padres de papá y son casi tan mayores como tío Vez.

Los tres pasan mucho tiempo en nuestra casa. Hoy solo falta papá y no se encuentra muy lejos. Está en el cobertizo, pintando un cuadro.

Es sábado por la tarde y la abuela ha venido a ayudar, pero de alguna manera consigue empeorar las cosas. Ha sacado la tabla de planchar y se enfrenta a un revoltijo

de uniformes escolares con una plancha embravecida que escupe agua. Anika y Jellico pasan como un relámpago, se enredan con el cable y lo desenchufan. La plancha cae y mamá la atrapa al vuelo antes de que golpee a Stanley, que está leyendo en el suelo.

—¡Ay! ¡Quema! —exclama y suelta la plancha.

La pila de ropa acabada de planchar cae al suelo.

Mamá no puede más.

—Sé que la abuela lo hace con buena intención —farfulla entre dientes, mientras mantiene la mano bajo el grifo del agua fría. Su voz suena como la sibilante plancha—. Pero siempre mete demasiado las narices. ¿No tiene casa?

Me he dado cuenta de que mamá se muestra un poco malhumorada cuando estamos todos juntos y apretados. Y nuestro hogar es ideal para explotar en este momento, porque estamos en invierno, hace mal tiempo y no podemos salir fuera a jugar.

No es culpa de la abuela. Nos pasa a todos. Tropezamos los unos con los otros, nos caemos encima de Jellico, nos sentamos encima del bebé y rompemos algo cada vez que nos damos la vuelta.

En la cocina hace calor y está llena de

vapor, a causa de la ropa colgada a secar. La otra noche bajé a la cocina a beber agua y di un chillido que despertó a toda la casa. Pijamas de bebé mojados colgaban de armarios y encimeras como si fueran espantosos bebés fantasma.

—¡No sé qué daría por tener una secadora! —se queja mamá.

—Podemos conseguirte una —se ofrece la abuela, que se siente culpable por la mano de mamá.

—¡No, gracias! —replica mamá automáticamente—. Nos apañamos bien —y añade con un suspiro—: Tampoco tenemos donde colocarla.

Tiene razón. No se podría meter nada más en casa aunque quisiéramos.

Capítulo 2

En el colegio estamos aprendiendo a dividir.

Mi hermana V es brillante calculando. Yo no. No acabo de entenderlo bien. No es culpa de mi profesora —la señora Vozarrón enseña con mucho entusiasmo e intenta hacer la clase *interesante* y *relevante*.

—¿Cuántas personas viven en vuestra casa? —nos pregunta.

Un bosque de manos se levanta.

—¿Alfie?

—Tres, señora.

—¿Cuántas habitaciones hay en tu casa, Alfie?

—El salón… una —empieza a contar Alfie con los dedos—, la cocina… dos, el dormitorio de mamá… tres, el mío… cuatro, el de mi hermana… cinco, el baño… seis.

—Seis habitaciones. Excelente. Entonces, ¿cuántas habitaciones hay para cada una de las personas que viven en tu casa?

Alfie parece tan confuso como yo mientras a nuestro alrededor las manos se agitan excitadas en el aire.

—Divide el número de habitaciones por el número de personas —explica la señora Vozarrón—. Divide seis por tres ¿Qué queda?

—¿Dos?

—¡Fantástico! —anuncia a continuación nuestra profesora—. En casa de Alfie hay dos habitaciones por persona. ¿Quién quiere probar ahora? ¿Tina?

¡Jo! Dos habitaciones para cada uno y yo no tengo ni una entera para mí.

En casa de Tina hay 2,5 habitaciones por persona. ¡Dos habitaciones y media para cada uno!

—¡Vamos a hacer un gráfico en la pizarra para toda la clase! —exclama la señora Vozarrón, que tiene un montón de buenas ideas—. Trabajad cuántas habitaciones hay en vuestra casa por persona, y cuando lo sepáis, levantad la mano. ¿Morgan? ¡Eres rápido!

Morgan tiene ocho habitaciones para cuatro personas, lo que significa que su familia dispone de dos habitaciones por persona. Así de fácil. La señora Vozarrón escribe su nombre en el gráfico de la pizarra junto al de Alfie. A mi lado Lucinda garabatea como loca.

—¿Holly?

—Mmm…, cinco personas, nueve habitaciones, 1,6 habitaciones por persona —dice Holly (que es una lumbrera en matemáticas). Lo ha calculado bien y su nombre se añade debajo del de Morgan en el gráfico.

—¿Lucinda?

—Todavía no lo tengo, señora —dice Lucinda sin dejar de hacer garabatos.

—¿Lewis?

Lewis tiene 1,8. La profesora escribe su nombre entre los de Morgan y Holly.

Kayleigh, que vive en un piso, tiene 1,25. Significa una habitación y un cuarto de habitación para cada uno. Su nombre se añade debajo del de Holly.

¡Lo tengo! Inclino la cabeza sobre mi libro de matemáticas y calculo con cuidado. Tres habitaciones, una cocina, una sala de estar, un baño. Seis dividido por nueve. Mejor que lo compruebe.

—¿Señora? ¿Tengo que contar a Jellico?

—¿Quién es Jellico?

—Nuestro perro.

—No, Mattie. Animales no, solo personas. Dividido por ocho.

—¿Señora? ¿Cuento a tío Vesubio?

—Oh —la señora Vozarrón carraspea—. Esto es más complicado de lo que pensaba. ¿Vive con vosotros, Mattie?

—No.

—Entonces no lo cuentes. ¿Lucinda? ¿Has terminado?

—Sí, señora —Lucinda deja el lápiz y lee en voz alta las notas que ha escrito—. Somos tres en casa, mamá, papá y yo. En la parte de arriba tenemos cinco dormitorios, con baño adjunto, lo cual supone en realidad diez habitaciones, además de un vestidor, un baño familiar y el estudio de papá. En

13

la parte de abajo, tenemos dos salas de estar, comedor, comedor para el desayuno, estudio, cocina, *office*, vestidor, baño y terraza de cristal.

La clase la mira en medio de un silencio pasmado.

—¡Oh! —añade Lucinda—. ¡Lo olvidaba! Tenemos un anexo para la abuela en el jardín, pero no vive ninguna abuela en él. ¿Cuenta?

—No —dice la señora Vozarrón débilmente. Es algo poco habitual en ella porque normalmente su voz es potente—. Desde luego que no.

—Ya lo imaginaba —prosigue Lucinda—. Así que tenemos veintitrés habitaciones entre tres personas. Lo que hace 7,66.

Lo ha calculado bien, pero mi profesora no dice «¡Muy bien». Simplemente escribe el nombre de Lucinda al principio del gráfico y anota 7,66 al lado.

—Bien —dice—, creo que es suficiente por ahora —y deja el rotulador.

—¡Eh, señora! Mattie todavía no lo ha dicho —dice Lucinda.

—¡Yo tampoco!

—¡Ni yo!

Todos reclaman su turno. Ha sido una clase divertida.

—Seguramente no ha sido tan buena idea —dice la señora Vozarrón en un susurro.

Creo que no quería que nadie la oyera, pero yo sí la he oído.

—¡*Porfaaaa*, señora!

—¡Lo tengo!

—¡Quiero intentarlo!

Al final todos tenemos la oportunidad. Es una cuestión de justicia.

En nuestra casa somos ocho personas, sin incluir a Jellico, y tenemos seis habitaciones. Mi respuesta es 0,75.

—Bien calculado, Mattie, lo has hecho muy bien —dice la señora Vozarrón, y escribe mi nombre y 0,75 al final del gráfico.

Sonrío feliz. Ha sido una buena clase. Ahora entiendo la división. Y también he aprendido algo más.

Ahora sé que en casa tenemos menos de una habitación para cada uno y que en casa de Lucinda tienen más de siete por persona.

No es de extrañar que en casa estemos tan apretujados.

Capítulo 3

—En casa de Lucinda tienen diez veces más espacio que nosotros —le cuento a mamá de regreso a casa.

—Tiene suerte —dice mamá y añade—: ¿Cómo lo sabes?

—Lo hemos hecho en clase de cálculo.

—¿Sí? —parece sorprendida.

—Tienen veintitrés habitaciones.

—¡Veintitrés! —exclama mamá con nostalgia, y yo desearía no habérselo contado.

¡ALERTA DE PREOCUPACIÓN!

—¡Me alegra no tener que limpiar veintitrés habitaciones! —dice luego con voz normal y todo vuelve a estar en su sitio.

Nos detenemos en el supermercado a comprar la cena. Mamá ata a Jellico en el puesto de los periódicos.

—Huevos, alubias y patatas fritas —dice mamá antes de entrar—. No pidáis nada más.

—¿No podemos comer unas salchichas? —pregunta automáticamente V.

—¿Qué he dicho? —responde mamá con brusquedad.

¡ALERTA DE PREOCUPACIÓN!

Dinero escaso. Otra vez.

En caso de que no os hayáis dado cuenta, me preocupo con frecuencia.

En la tienda mamá coloca una docena de huevos, dos latas de alubias y una bolsa de patatas fritas congeladas en el cochecito de Will y espera en la cola. Anika recoge *tickets* del suelo y los guarda en su bolsillo. Dice que son tesoros. Cuando termina, empieza a manosear un paquete de bollos. Le encantan. Stanley está de pie frente al congelador mirando las tartas de queso y los botes de helado. Mamá los ignora a ambos. V está disgustada, porque la han regañado, pero mamá también la ignora.

La señora que tenemos delante lleva un carrito lleno de comida. Mientras el cajero va registrando su compra, ella no para de añadir productos.

Escoge un paquete de galletas de

chocolate (¡mmm!) y luego escoge los bollos que manosea Anika.

—¿Me permites? —dice, y Anika se los alarga con una sonrisa.

La señora se la devuelve y deja los bollos en su carrito.

V y Stanika (así es como llamamos a Stan y Anika cuando están juntos) miran con nostalgia cómo *pizza*, tarta y muchos otros alimentos ricos salen del carrito de la señora para desaparecer en sus bolsas de la compra.

—¿Podemos comprar *pizz*…?

—¡No! —exclama mamá, y V cierra la boca de golpe.

—¿Es rica esta señora? —pregunta Stanley en un sonoro susurro.

Mamá y la señora se ríen, pero se sonrojan como si ambas se sintieran incómodas. No creo que sea correcto preguntar si alguien es rico. O pobre. Al menos delante de ellos.

—Alguien sí se ha hecho rico —dice el cajero dando el cambio a la señora—. Acabo de oírlo por la radio, que alguien de por aquí ha ganado un millón y medio en la lotería del pasado sábado.

—Un millón y medio —dice mamá débilmente.

—¿Quién es? —pregunta la señora.

—No lo saben. No lo ha reclamado todavía. ¿Acaso es usted?

—Ni por casualidad —ríe la señora—. Yo no juego.

—Yo tampoco —dice mamá, aunque suena como si hubiera deseado hacerlo.

—Ya estoy —la señora mete el cambio en su billetero y lo cierra. Después toma el paquete de bollos de la bolsa y se lo da a Anika—. Toma, preciosa, por ser tan amable.

Los ojos de Anika brillan de alegría, pero mamá se lo quita de la mano y se lo devuelve a la señora.

—No, gracias.

—¿Maaa…má? —protesta V, y Anika abre la boca para quejarse.

—¡He dicho NO! —exclama mamá, levantando la voz y Anika chilla.

La señora esta vez se pone tan roja como un tomate, mete los bollos en su bolsa y se va.

Desearía morirme.

Esta señora rica y amable habrá pensado que mi madre es una maleducada cuando no es cierto. Normalmente.

Mamá paga sus productos sin mediar palabra y sale de la tienda. No nos espera, sino que camina deprisa por la calle con el cochecito, con Jellico arrastrándose a su lado con la pata enredada en la correa. Agarro a

Anika de la mano y ella agarra a Stanley y él a V, y corremos tras ella.

—¿Mamá? —digo cuando por fin la alcanzamos—. ¿Por qué…? —y me detengo.

¡ENORME ALERTA DE PREOCUPACIÓN!

Mamá se aparta las lágrimas con el dorso de la mano, pero es demasiado tarde, las he visto.

—No necesitamos limosna, Mattie —solloza, luego se inclina y nos abraza a todos con fuerza.

—¡No vayas calentando esta cabecita tuya con preocupaciones, Mattie Butterfield! —me reprende porque me conoce bien—. Estamos bien. Todo está bien.

No es cierto. Miente. Lo sé.

Capítulo 4

¡Papá está en casa! Hoy solo trabaja media jornada en el centro donde enseña arte. Está cocinando estofado para cenar… ¡Después de todo no comeremos huevos, alubias y patatas fritas! Me encanta el estofado que hace papá.

Mamá desaparece en la sala de estar con él y el bebé Will mientras el resto nos quedamos en la mesa de la cocina a hacer los deberes. Tengo que hacer más divisiones. Es fácil ahora que las entiendo.

Stanley y V tienen que leer. V no sabía leer hasta que la abuela se dio cuenta de que no veía bien las letras. Ahora que lleva gafas lee muy bien. Stan es un gran lector y ganó un premio en el colegio. Anika no tiene deberes, porque todavía no va al colegio, pero ella simula que tiene y dibuja bonitas caras sonrientes con piernas, que se supone que somos nosotros. Mi cabeza tiene una mancha encima (mi sombrero).

Se está bien en nuestra cocina con Jellico lamiéndonos los pies y las rodillas debajo de

la mesa y los deliciosos aromas del estofado flotando en el aire.

Levanto la vista. Mamá está de pie en el quicio de la puerta con los brazos cruzados, mirándonos. Papá la rodea con un brazo y sostiene a Will dormido en el otro. Ella ahora está tranquila. Recuerdo su rostro lleno de lágrimas y digo:

—El estofado es mejor que los bollos.

No estoy segura de que sea cierto, pero consigo que mis padres se rían, así que añado:

—Me alegro de que nuestra casa no tenga veintitrés habitaciones. Es perfecta tal y como es.

—No lo es, Mattie —mamá mueve la cabeza y suspira—. Unas cuantas habitaciones más no nos irían mal. Pero tendrá que bastar.

—Eso es —dice papá, y le planta un beso en la cabeza.

Creo que es perfecto. Por lo menos por ahora.

Más o menos una hora más tarde, Anika llora en el baño porque le ha entrado jabón en los ojos y no quiere a mamá, sino a Stanley. Pero Stanley tiene que permanecer sentado a la mesa de la cocina hasta que se termine su estofado.

Y en la sala de estar, Dontie tiene problemas con papá porque no quiere el estofado, pues se ha comido una hamburguesa de regreso a casa y papá le dice que deje de gastar dinero.

—Es *mi* dinero —replica Dontie—, no es el tuyo, y además, comeré el estofado más tarde.

—Ni hablar —dice papá y ¡LOS ÁNIMOS SE CALIENTAN!

—¡No discutáis! —chilla V—. ¡Intento ver la tele!

—Es demasiado tarde para mirar la televisión —objeta papá, y la apaga y la manda a la cama.

Will berrea porque tiene que mamar, pero mamá está ocupada con Anika.

No puedo leer el libro del colegio porque V grita «NO HAY DERECHO» en nuestra habitación y golpea las almohadas, y Dontie y papá discuten en la sala de estar, y Will se desgañita para mamar en la habitación de papá y mamá, y Anika llora en el baño, y Stanley tiene que permanecer sentado en la cocina hasta que termine su estofado y, después, ha de ir *directamente* a la cama por haberse portado mal.

Puede que fuera bonito tener una casa más grande después de todo. Como ha dicho mamá, unas cuantas habitaciones más no nos irían mal. Incluso una habitación chiquita. Una habitación tranquila donde pudiera leer en paz para que mañana la señora Vozarrón no me riña.

Pero es imposible, ¿verdad?

Tanto da que desee ir a Londres a ver a la reina, o viajar alrededor del mundo, o volar hasta la luna en nuestras vacaciones de verano, como comprar una casa más grande.

No tenemos mucho dinero. No tenemos nada de dinero.

En nuestra casa vivimos apretados en más de un sentido.

Capítulo 5

Más tarde, soy la única que está apretujada entre mis padres en el sofá.

Will duerme profundamente en su cuna después de mamar.

En nuestra habitación, Anika ronca suavemente. En la cama de al lado, V todavía está de mal humor.

Se supone que Stanley debería dormir, pero todos sabemos que está leyendo debajo de las sábanas a la luz de la linterna.

Dontie está en la cocina comiendo su estofado, porque tiene hambre.

Estar apretujada en el sofá entre mis padres es un abrazo de sándwich para nosotros. Es el mejor sándwich que hay.

—¿Os apetece una tostada? —pregunta papá.

—¡Sí, *porfa*! —una tostada calentita con mantequilla también es una cosa buena.

De una manera diferente.

—Asegúrate de que queda suficiente pan para el desayuno —dice mamá.

Papá le prepara también una humeante taza de té.

—¿Mejor? —pregunta.

—Sí —dice, chupándose la mantequilla de los dedos.

A veces mi madre parece una adolescente. Suena el timbre y refunfuña.

—*Por favor* —dice—. No me digas que es tu madre.

Corro a abrir la puerta.

—*Es* la abuela, mamá. Y el abuelo.

—¿Nos esperabais? —la abuela parece sorprendida.

—Más o menos.

—¿Una taza de té? —dice mamá, esforzándose en sonreír.

—No nos quedamos —dice la abuela—. Nos hemos detenido al pasar porque… —y se calla.

—¿Por qué? —pregunta papá, pero la abuela permanece de pie vergonzosa como Anika cuando no sabe cómo proseguir.

—Se le ha metido en la cabeza… —empieza a decir el abuelo.

—¿Qué he hecho ahora? —interviene mamá.

Ríe pero lo dice con toda la intención. Una vez papá comentó que mamá y la abuela tienen una relación de *amor/odio*. Me preocupé mucho, no por la parte de *amor*, sino por la de *odio*, hasta que mamá me explicó que solo significaba que, a veces, tenían roces. Lo cierto es que les sucede muy a menudo.

—¡Nada! —responde la abuela—. Solo que…

—¿Qué? —la miramos sorprendidos.

No es del estilo de la abuela quedarse sin palabras.

—Bueno, llamadme estúpida —sigue— pero ¿os habéis enterado de que alguien de por aquí ha ganado un millón y medio en la lotería?

—¡Ah, eso! —exclama mamá de mal humor—. Sí.

—¿Eres tú? —pregunta Dontie excitado saliendo de la cocina.

—No —dice la abuela y recuerdo que el sábado por la noche, el día del aniversario de mamá, la abuela comprobó su número y dijo «No es el mío» y lo arrugó.

—¿Es alguien conocido? —pregunta V, asomándose a la puerta.

—No estoy segura. Todavía no lo ha reclamado nadie —explica la abuela, un poco nerviosa—. No puedo dejar de preguntarme… —su voz se esfuma.

—¿Preguntarte qué? —pregunta papá, confundido.

—Bueno, ya sé que suena idiota, pero me pregunto si sois vosotros.

Capítulo 6

Papá mira a la abuela con cara de pasmado.

—¿Nosotros? No jugamos a la lotería.

—Lo sé —dice la abuela—. Normalmente no, pero teníais un boleto el sábado.

—¿Lo teníamos? —papá parece un poco desconcertado.

—Tío Vez compró uno como regalo de cumpleaños. Estaba dentro de la felicitación —es el turno de Stanley de asomar la cabeza.

Ha estado escuchando desde las escaleras.

—Es cierto —mamá se yergue en su asiento—. ¡Tenéis razón! ¡Lo había olvidado!

—¿Lo comprobaste? —pregunta el abuelo.

—No, no creo. Además pasaron muchas cosas. De todas maneras, nadie de por aquí gana la lotería, ¿no?

—Alguien la ha ganado —dice la abuela—. ¿Dónde está el boleto?

—No tengo ni idea —dice mamá.

—Todavía debe de estar con la felicitación —dice Dontie, y abre el sobre de la bonita postal de flores de tío Vez.

Pero no está allí. Mira una a una en todas las felicitaciones, las sacude, pero no lo encuentra. Luego mira detrás del reloj. Tampoco está.

—¡Buscad en el cubo de la basura! —ordena la abuela.

De pronto ha dejado de estar aturdida y se

ha convertido en Sherlock Holmes. Hacemos lo que nos dice y lo vaciamos en el suelo. Pero está lleno de mondas de manzana, pañuelos sucios y una tirita vieja, así que nos lo hace meter todo dentro de nuevo. ¡Puaj!

Después buscamos en todos los cubos y en todos los de reciclaje también, pero no está en ninguna parte.

—¡Oooohhh! —dice V—. No es justo. Mamá, has perdido el boleto ganador.

—¡No es cierto! Ni siquiera sabemos si *era* el boleto ganador, Vera-Lynn —protesta mamá, llamando a V con su nombre completo, con lo cual muestra que está enfadada.

Pero me da la impresión de que realmente está enfadada consigo misma, no con V.

—¿Cómo ibas vestida? —pregunta la abuela, pareciéndose cada vez más a una detective.

El rostro de mamá se ilumina.

—El top y los vaqueros que me regalasteis por mi cumpleaños. ¡Me apuesto que está en el bolsillo de atrás!

Sube corriendo las escaleras de dos en dos mientras los demás aguardamos al pie de las mismas, V y yo apretando las manos para desearnos suerte. Pero cuando baja y se derrumba en el sofá con cara de cansancio, nos damos cuenta de que no lo ha encontrado.

—¿Dónde estabas sentada? —pregunta la abuela, que no se da por vencida.

—Aquí mismo —dice mamá—. Pero no importa, no lo encontraremos.

—Claro que sí —dice la abuela—. ¡Que me aspen si no! Levántate.

No se puede contradecir a la abuela.

Mamá se levanta y la abuela quita los cojines del sofá, no solo los de adorno, sino también los que sirven para sentarse.

Hay una lista de cosas sorprendentes que encontramos en el fondo de nuestro sofá.

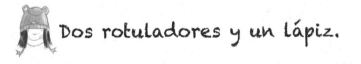 Dos rotuladores y un lápiz.

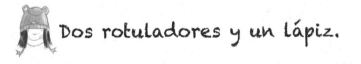 El clip para el pelo de V, que perdió hace mucho tiempo.

Trozos de papel.

 El calcetín gris de Stan.

 Una patata frita.

 Un clip para hojas.

 Montones de palomitas de maíz blandas que no saben bien (probé una).

 Uno de los lazos de Anika.

 Una moneda de un céntimo, otra de diez y otra de un euro.

 Un espagueti (cocinado).

 Envoltorios de chocolate de Navidad.

40

Migas de galleta.

Migas de tostada.

Un tenedor.

y… escondido en la esquina, arrugado en una bola…

Un boleto de lotería.

La abuela se precipita sobre él, lo alisa y lo presenta a mamá:

—Feliz cumpleaños, Mona —dice con una sonrisa triunfante.

Capítulo 7

—Todavía no sabemos si es el boleto ganador —dice mamá, pero sus ojos brillan y sé que cree que lo es.

—¿Cómo podemos saberlo? —pregunto.

—Lo comprobaré en el ordenador —dice papá, y todos nos acercamos a mirar, pero Internet no funciona.

—Ve al supermercado, todavía está abierto. Puedes comprobarlo en su máquina de la lotería —sugiere el abuelo.

—¡No, estoy asustada! —dice mamá.

—Dámelo —ordena papá.

—¡Espera, voy contigo! —exclama el abuelo.

—¡Yo también! —se decide la abuela.

—¡Oh, vaya, vamos todos! —dispone mamá—. Es una ocasión especial. Niños, poneos los abrigos. Tim, ve a buscar a Anika y yo llevaré a Will.

Salimos todos a la oscuridad y el frío, ¡incluso nuestro bebé completamente dormido en su cuna!

—¿Dónde vamos? —pregunta la soñolienta Anika cuando papá la baja envuelta en una manta.

—En busca del tesoro —dice papá y Anika, como si todos sus sueños se hicieran realidad, se acurruca feliz contra él.

El dueño del supermercado parece sorprendido cuando entramos en su establecimiento.

—¿Qué sucede? ¿Una excursión familiar?

—¿Saben ya quién es el ganador de la lotería?

—Todavía no.

—Dale el boleto, Tim —pide el abuelo—. Lo hemos encontrado en un rincón del sofá. Quién sabe, a lo mejor tenemos suerte.

Los ojos del tendero se abren de par en par cuando papá le tiende el boleto. Todos nosotros guardamos silencio mientras lo pasa por la máquina. Me asusta hasta respirar.

Lo saca y se lo devuelve a papá.

—Lo siento, señor Butterfield —dice con aspecto entristecido—. Le deseo más suerte la próxima vez.

Capítulo 8

—¡Oh, Mona! —se lamenta la abuela que parece a punto de llorar—. Lo siento. No debía haberos dado tantas esperanzas, pero estaba convencida de que tenías el boleto ganador.

—No te preocupes —la consuela mamá—. Vamos a casa y tomemos una taza de té.

—O algo más fuerte —sugiere papá.

—Buena idea —acepta el abuelo, y compra bebidas y patatas fritas.

Ya en casa, los niños tomamos limonada

y patatas, y los adultos algo más fuerte. Es como una fiesta, pero sin alegría.

Anika, todavía envuelta en la manta, bosteza.

—¿Dónde está el tesoro? —pregunta.

—No hemos encontrado ninguno —dice Stan con tristeza.

Anika se inclina y aprieta las comisuras de su boca para hacerle sonreír. Pero incluso Stan no se siente con ganas de reír. Ella arruga el ceño, baja de las rodillas de papá y se encamina hacia arriba, arrastrando la manta tras de sí.

—¿Adónde va? —pregunta la abuela.

—Supongo que vuelve a la cama —dice mamá—. Está muy cansada, pobrecilla. Será mejor que también acueste al chiquitín —se levanta con Will en brazos, pero Anika vuelve a aparecer mostrando unos trozos de papel.

—¿Qué has encontrado? —pregunta la abuela.

—El tesoro —dice con solemnidad y se los da a Stanley.

—Son *tickets* del supermercado —explica mamá—, y otras cosas. Lo considera su tesoro y lo guarda debajo de la almohada. Quiere animarte, Stan.

—¡Aaahhh! —exclama la abuela—. Preciosa, ¿tienes algún tesoro que anime a la abuela?

Anika toma algunos recibos de las manos de Stanley y se los da a la abuela. Todos ríen.

—Mirad —dice papá—. Funciona.

—Vamos a ver qué tesoro tengo —sonríe la abuela siguiendo el juego de Anika.

Y lee en voz alta:

Nidos de espagueti

Rebanadas de pan

Mermelada

Pasta dentífrica

—¡Oooh! —le dice a Anika—. Es un auténtico tesoro. Vamos a ver qué dice el siguiente.

Anika ríe.

Pan Naan

Salsa Korma

Papadum

—¡Delicioso! Alguien que va a hacer curry.

—¡Más! —ordena Anika.

—¿Quieres que lea otro?

—Estará así toda la noche —dice mamá entornando los ojos.

Creo que se refiere a la abuela, no a Anika.

—El último —dice la abuela.

Entonces se calla y observa el pedazo

de papel que tiene en la mano como si no pudiera creer lo que está viendo.

—¿Qué pasa? —pregunta mamá.

—Mirad todos —dice la abuela—. Mirad qué ha encontrado Anika —y levanta el papel.

No es un *ticket* del supermercado.

Es otro boleto de lotería.

Capítulo 9

—¿Dónde lo ha encontrado? —pregunta mamá sorprendida—. Esta niña es como una pequeña urraca. No se puede dejar nada tirado por aquí.

Anika se precipita hacia Stanley y entierra el rostro en su regazo. Piensa que se ha metido en problemas.

La abuela permanece sentada pensando, su cabeza da vueltas como si hiciera divisiones. Finalmente, su rostro se ilumina.

—¿Anika? ¿Por casualidad este boleto cayó de la felicitación de mamá?

—¡Suelo! —dice Anika temerosa de levantar la vista.

—¿Lo encontraste en el suelo? Qué inteligente, enseña a la abuela dónde lo encontraste.

Anika levanta la cabeza. No está metida en ningún problema. Se pone de rodillas y rozando el suelo con su gordita tripa, señala debajo del sofá.

—¡Eso es! Encontró el boleto perdido —le aclara la abuela a mamá—. ¡El que te compró tío Vez como regalo de cumpleaños!

—Es una suerte que Anika lo encontrara y lo guardara —añade papá, y todos sonríen a mi traviesa hermanita.

Anika levanta la mano.

—¿Tesoro? —pregunta llena de esperanza.

—Seguramente no —sonríe mamá—. Todavía no sabemos si es el boleto ganador —es lo mismo que ha dicho la vez anterior, aunque añade—: Creo que lo guardaré por si acaso.

El rostro de Anika se ensombrece. Se ilumina de nuevo cuando papá anuncia:

—Será mejor que vayamos en busca de otro tesoro, por si acaso.

Eso hacemos. Todos. Los abuelos, mis padres, Dontie, V, Stanika, Will, Jellico y yo.

Nos ponemos el abrigo de nuevo (Jellico no), y corremos al supermercado.

—¿Han encontrado otro número de lotería? —pregunta el propietario cuando entramos en su tienda.

—Lo encontró Anika —le informa mamá, y deja que mi hermana se lo entregue.

Esta vez los ojos del hombre no se abren como platos. Lo observamos atentamente mientras pasa el boleto por la máquina. Luego lo saca y lo vuelve a alargar a Anika.

Dejo escapar un profundo suspiro de decepción. No es el bueno. No hemos ganado.

—Cuídalo bien, jovencita —dice.

Su voz suena aguda y estridente.

Tose, se aclara la garganta, y añade:

—Necesitan ponerse en contacto por teléfono con la agencia de loterías tan pronto como les sea posible.

Capítulo 10

¡GANAMOS! Al siguiente día la señora de la agencia de loterías nos lo confirmó. Quería que fuéramos a contarlo en televisión.

Estamos todos muy excitados de salir en TV.

—¡Seremos famosos! —dijo Dontie.

—¡Seremos celebridades! —chilló V.

—¡Estaremos en *Hola*! ¡O en *Lecturas*! —rio mamá.

Son revistas del corazón que lee cuando va a la peluquería.

—Tendremos que pensarlo —dijo la abuela sacudiendo la cabeza. Antes de marcharse, la señora de la lotería les dijo: «Mejor que no lo cuenten a nadie».

—¿Por qué? —preguntó mamá.

La abuela se dio golpecitos en un lado de la nariz, lo cual la hizo parecer muy inteligente.

—Ya sabes, por el monstruo de los ojos verdes.

Stanika la miraron con los ojos como platos.

—¿Qué es el monstruo de los ojos verdes? —preguntó V nerviosa.

—La envidia —respondió la abuela—. ¿De verdad queréis toda esta publicidad?

—Tiene razón —admitió papá *muy* serio.

Aquella noche no pude pegar ojo. Sé que

si alguien siente envidia, dice o hace cosas horribles. V envidiaba a Stanley porque era mejor lector que ella, y rompió el libro que había ganado en un premio. Fue el peor momento de mi vida, incluso peor que cuando Dontie se cayó por el acantilado durante las vacaciones.

No quiero ver a nadie rompiendo mis libros.

Pasé la noche moviéndome y dando vueltas en la cama, preocupada acerca de la *publicidad* y la *envidia* y el *monstruo de ojos verdes*. Al final me senté en la cama y encendí la luz.

La cabeza de mamá se asomó por la puerta, con ojos cansados y el pelo revuelto.

—¿Qué haces, Mattie?

—Una Lista de Preocupaciones. Me dijiste que la hiciera si estaba preocupada.

—No quise decir a las dos de la madrugada. Despertarás a todos.

Eso no era del todo cierto. A mi lado V y Anika roncaban sonoramente.

—Bien —suspiró mamá y se sentó pesadamente en la cama a mi lado—. Cuéntame por qué estás preocupada.

Leí lo que había escrito hasta entonces.

 Lucinda romperá mis libros.

 El travieso George me tirará de los pelos.

 Dennis me quitará el sombrero nuevo y lo tirará al patio.

—¿Qué quieres decir? —mamá parecía sorprendida—. Lucinda no va a romper tus libros.

—Puede hacerlo si tiene al monstruo de ojos verdes.

—¡Entiendo! —mamá pasó su brazo por encima de mis hombros, me abrazó y dijo—: Puede que sea una buena idea que no se lo contemos a nadie.

Al día siguiente mis padres le dijeron a la señora de la lotería que no queríamos publicidad. Después, nos hicieron sentarnos a todos y nos pidieron que no contáramos a nadie que habíamos ganado.

Nunca antes habíamos tenido un secreto familiar.

Capítulo 11

El sábado hicimos una **MAMUT** expedición de compras. ¡Podíamos escoger lo que quisiéramos!

Aquí está la lista de lo que compramos:

Will: un cochecito nuevo, más pequeño que el viejo, y que se convertirá en una sillita cuando crezca. (En realidad, es mamá quien lo ha escogido, pero él parece feliz).

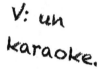

Dontie: una Nintendo DS.

Stanley: una estantería para guardar todos sus libros.

V: un karaoke.

Papá: pinturas nuevas.

Anika: una bonita caja para guardar todos sus tesoros.

Mamá: un chaquetón brillante de su tienda preferida y un bolso brillante que hace juego.

 También compramos un jarrón muy bonito para la abuela, un palo de golf para el abuelo (para que no tenga que alquilarlo) y una carretilla para tío Vez. Cada uno de nosotros compra lo que desea.

Todos menos yo.

Will empieza a lloriquear.

—¡Vamos, Mattie, decídete! —pide papá.

Pero hay demasiadas cosas para escoger.

—¿Qué te parece algo para tu habitación? —pregunta mamá.

En mi habitación no cabe nada más. Especialmente ahora que V tiene un karaoke.

—¿Algo para el colegio? —sugiere papá.

No necesito nada.

—¿Algo para jugar? —dice Dontie.

—¿Algo de ropa chulo? —dice V.

—¿Algún libro? —dice Stanley.

No puedo más. Desearía que pararan de sugerirme cosas. De pronto doy un grito enorme que los sobresalta, incluso a mí.

—¡No lo sé! ¡No puedo decidirme!

—¡Basta! —dice mamá enfadada—. Nos vamos a casa. Will tiene que mamar.

He estropeado el día a todo el mundo. Nos vamos a casa en fila india siguiendo a mamá, que empuja el cochecito de mi hermanito bebé que no para de berrear, a papá que empuja el nuevo cochecito, a Dontie que empuja el carrito con los regalos encima, a V, Stanley, Anika y yo voy al final de la fila, llorando.

De pronto, me detengo. He visto algo en la ventana de una casa. Es una nota.

—¡Vamos, Mattie! —grita papá—. Deja de perder el tiempo.

Mamá da la vuelta al cochecito y viene a buscarme.

—¿Qué ocurre ahora? —suspira.

—¡Mira!

Mamá lee la nota.

—¡Oh, no! —exclama—. No es una buena idea.

—Pero mamá…

—No, Mattie. ¡Tengo demasiado trabajo!

—*Yo* lo cuidaré…

Todos retroceden para ver qué estamos mirando. La nota dice:

> ## SE VENDEN CRÍAS DE CONEJO

—Le echaré una mano —dice Dontie.

—Has dicho que podíamos escoger lo que quisiéramos —señala Stan.

—Es lo justo —dice V.

—¡Dejad de aliaros contra mí! —protesta mamá.

—¡Por favor, mamá! ¿Vamos a verlos?

—Vamos —dice cansada—. Pero no compraremos ninguno, que quede claro. No puedo ocuparme de nada más. Ni siquiera de una planta en una maceta.

Solo queda uno. Es suave, blanco y peludo con ojos rosados y una nariz que se mueve nerviosamente. Lo acuno en mis brazos,

frotando mi rostro contra su cuerpo cálido y trémulo.

—Lo quiero —digo, y lo digo en serio.

—Hace cosquillas —anuncia V.

—Tiene hipo —explica Stan.

—*Es* precioso —admite mamá, acariciándolo. Su rostro se ha suavizado, como le ocurre cuando mira a Will. Entonces dice—: ¿Cómo vamos a llamarlo? —y no puedo creer lo que estoy escuchando.

—Hipo —suelta Anika, y nos reímos todos porque es perfecto.

—¡Necesitamos una conejera! —indica V.

—Tío Vez nos hará una —afirma papá.

Colocamos a Will en el cochecito nuevo y a Hipo en el viejo y los empujamos hasta casa con nuestras compras apiladas en la carretilla.

—Vaya, vaya —observa el propietario del supermercado que está enfrente de su tienda—. ¿Acaso habéis ganado la lotería? —nos guiña el ojo y vuelve a entrar en el establecimiento.

Conoce nuestro secreto, pero no lo sabe nadie más y nos ha prometido que no lo contará.

Cuando llegamos a casa llamamos a tío

Vez y a los abuelos y los invitamos a venir para darles sus regalos.

Al abuelo le encanta su palo de golf.

A la abuela, su jarrón.

Tío Vez se encuentra en la luna con su nueva carretilla.

—No teníais que haber gastado tanto dinero en mí —dice.

—Tú compraste el boleto —recalca mamá—. El premio es tuyo.

—¡No! —declara alarmado tío Vez—. Ya te dije que no lo quiero. Fue un regalo para ti. ¿Qué haría yo con tanto dinero?

Mamá abraza a tío Vez, luego se da la vuelta hacia papá.

—¿Qué *vamos* a hacer con el dinero? ¡De eso se trata!

Capítulo 12

Un hombre trajeado y una mujer con un maletín de la agencia de loterías llegan a casa para ayudarnos a decidir cómo invertir el dinero. Mantienen una charla muy larga con mis padres mientras toman té con galletas. Nosotros tenemos que permanecer en silencio para que puedan concentrarse. No hay donde sentarse porque ocupan todo el sofá, así que nos quedamos cerca y escuchamos.

—No tendrán que preocuparse por el dinero nunca más —afirma la mujer.

—¿Lo has oído, Mattie? —dice mamá, y asiento feliz.

—Inviertan con inteligencia y su dinero hará el resto —señala el hombre, y en mi cabeza aparecen montones de monedas con brazos y piernas que cavan en el jardín, limpian los cristales y tienden la ropa, y me entran ganas de reír.

Pero entonces empieza a hablar de cosas como *acciones* y *bonos* y *generar rédito* y *planes de pensiones personales* y es realmente aburrido. Incluso mamá y papá tienen los ojos vidriosos.

Poco después Anika empieza a dar golpecitos en la pierna de la mujer. Al principio esta sonríe, pero más tarde me doy cuenta de que se aparta un poco como si deseara que Anika dejara de hacerlo. Pero mi hermanita no puede. Siempre toquetea las cosas y le gustan las medias brillantes de la mujer.

V se atiborra de galletas hasta que mamá le pide que no sea tan glotona. V explica que tiene hambre, porque tiene que estar de pie todo el rato, mientras el hombre y la mujer ocupan todo el sofá y no paran de hablar.

—No seas maleducada —la regaña mamá, y le obliga a pedir disculpas.

Después V permanece de pie con los brazos cruzados, malhumorada.

Luego Will se despierta y empieza a llorar porque tiene hambre. Anika, todavía toqueteando con devoción la pierna brillante de la mujer, tira sin querer sobre el regazo del hombre la taza de té, que se mantenía en equilibrio en la brillante rodilla de la mujer.

El hombre se levanta de un salto con un grito y provoca que Jellico ladre y se zampe

todas las galletas (Jellico, no el hombre) y
ella empieza a llorar (Anika, no la mujer) y
mamá se siente *avergonzada*.

Cuando el hombre regresa del baño lleva
unos viejos pantalones bombachos que papá

usa para pintar. Le quedan graciosos con la chaqueta del traje, la camisa y la corbata. Pero nadie se ríe.

—He estado pensando —anuncia el hombre cuando vuelve a sentarse en el sofá.

Todos nos reunimos a su alrededor para escuchar lo que tiene que decir. Es lo mínimo que podemos hacer.

—Creo que la mejor inversión que le pueden dar a su dinero es comprar una casa suficientemente grande para vivir todos ustedes —dice.

Mis padres se miran sonriendo.

—Parece una buena idea —admite papá.

—Parece una *muy* buena idea —coincide mamá.

Así que esto es lo que vamos a hacer.

Capítulo 13

En medio de la mesa de nuestra cocina hay un gran montón de folletos. El montón crece cada día…, ¡pronto nos tapará la vista!

Los folletos contienen detalles de agencias inmobiliarias.

Si deseas comprar una casa, llamas por teléfono a una inmobiliaria (son las agencias que venden casas) y te envían folletos con fotografías y datos interesantes sobre las casas que están a la venta. Papá los lee en voz alta mientras cenamos.

Papá: «¿Qué os parece esta? Una casa familiar espectacular, nueva, independiente, con cinco habitaciones…».

Yo: «¡*Cinco* habitaciones!».

Papá: «… con jardín privado orientado al sur, de césped en su mayor parte, y con un área de juegos para los niños…».

V: «¡Compremos esta!»

Papá: «Planta baja: espaciosa cocina/comedor con horno empotrado, encimera y extractor…».

Mamá: «¡Mmm, estupendo!».

Yo: «¿Qué son una encimera y un extractor?».

Papá: «… sala de estar de doble función con solárium…».

Stanley: «¿Qué significa doble función?».

V: «¿Qué es un solárium?».

Papá: «… más baño familiar. Primer

piso: dormitorio principal con baño e impresionantes vistas».

Mamá: «¡Caramba! Me gusta. ¡Este sería nuestro dormitorio!».

Yo: «¿Y el nuestro?».

Papá: «Mmm…, sí, planta inferior, cuatro dormitorios más, dos con…».

Dontie: «¿Planta inferior? ¿Eso significa que están en el sótano? ¡Pasmoso!».

Yo (preocupada): «Para dormir hay que subir».

Mamá: «No *necesariamente*».

Stanley (inseguro): «Pero no vas al *sótano*».

Anika (porque Stanley no está seguro): «No me gusta».

Mamá (enfadada): «¿Ves lo que has provocado, Mattie?».

Yo (cada vez más preocupada, a punto de

llorar): «¡Pero es que no quiero dormir en el sótano!».

Dontie: «¡*Yo* sí!»

Mamá (suspirando): «Dejad de discutir. Encontraremos una que nos guste a todos».

Está bien. Pero *nosotros* no vamos a ver más casas y papá y mamá y los pequeñajos salen a mirar casas cuando estamos en el colegio.

Poco después lo olvido por completo. Pero entonces, un buen día, mis padres nos dicen que han visto una casa que les gusta mucho, muchísimo.

—¡No es justo! —dice V—. Dijisteis que os ayudaríamos a buscarla.

—¡Sí! —corrobora Dontie—. ¡Es verdad! Si tengo que vivir en ella, tiene que gustarme.

—Bueno, venid a verla y decid qué

os parece —propone mamá—. Luego decidiremos juntos si queremos vivir en ella.

—¿Y si no me gusta? —opina Dontie, que tiene el corazón puesto en un dormitorio en el sótano.

—Te dejaremos aquí —suelta papá.

Es una broma.

(Creo).

Capítulo 14

El sábado nos metemos todos en nuestro nuevo coche. ¡Es suficientemente grande para que quepamos todos! Vamos a ver la nueva casa. ¡Es excitante!

—No hace falta que nos llevemos a Jellico e Hipo —dice papá cuando los ve en la parte trasera del coche.

—Sí que los llevamos —explico—. También será su nueva casa.

Papá mira a mamá en busca de ayuda, pero ella se encoge de hombros.

—Es justo —dice papá.

Queda bastante lejos y mamá nos ha preparado bocadillos. Me deja comer uno en el coche y V se queja de que huele a huevo.

V se pone de malhumor en los coches y a veces se marea.

—¡Abrid la ventanilla! —ordena papá, y lo hacemos.

Pero V todavía gruñe. Protesta porque dice que Stanley la mira.

—¡No es cierto! —asegura Stan.

—¡Me estás mirando! —replica V.

Mamá le pide a Stan que mire por la ventana.

Después se queja de que respiro por encima de ella.

—¡No lo hago! —digo.

—¡Sí lo haces! —replica e intento no respirar, pero es algo complicado.

Luego Will se hace caca en el pañal y todos intentamos contener la respiración.

Ya no es nada divertido. Quiero irme a casa.

Finalmente, nos detenemos fuera de unas grandes rejas de hierro en medio de la nada. Un agente de la inmobiliaria con un elegante traje nos espera con una tablilla con sujetapapeles. Seguimos a su coche por un largo y tortuoso paseo, y cuando superamos la última curva, la casa está frente a nosotros.

—¡MOLA!

Es lo que me sale la primera vez que la veo. Es lo que dice Lucinda cuando algo le sorprende. Normalmente lo que digo es *caramba* o *cielos*, pero esta casa ¡absolutamente MOLA!

—¡Es imponente! —exclama Dontie.

—Es preciosa —afirma V.

—Te deja sin palabras —declara Stanley,

que siempre busca las mejores expresiones.

Anika y el bebé Will no dicen nada.

Es grande y blanca, con un balcón y columnas a cada lado de la puerta principal. Delante de la casa hay un bonito jardín con árboles recortados y parterres de flores y una gran extensión de césped.

Jellico salta alrededor, meneando la cola y ladrando. Hipo ve un parterre de flores y salta encima para mordisquearlas.

—Creo que les gusta.

—El abuelo podrá jugar a los bolos en este césped —me sonríe mamá.

—Podremos jugar al tenis aquí —se entusiasma Dontie—. Como en Wimbledon.

—No hará falta. Hay una cancha detrás —explica papá, y no es una broma.

También hay una piscina.

Parece un sueño.

—Imaginé que os gustaría —observa mamá, y su rostro está iluminado y sonriente. Me recuerda a Anika cuando vio su muñeca con su cochecito en Navidad—. ¿Vamos a echar un vistazo al interior?

El interior es precioso. El agente de la inmobiliaria dice que podemos explorar, así que corremos por la casa llamándonos.

—¡Los dormitorios son ENORMES! —grita Dontie.

—Bueno, solo tendremos que llamarnos gritando —dice mamá—. Lo hacemos muy bien.

—Hay billones de baños y de duchas —informa V.

—Así siempre estaremos guapos y limpios —declara mamá.

—Menos Will —dice Dontie, y da golpecitos debajo de la barbilla a nuestro bebé burlándose de él—: Tú todavía apestarás, ¿verdad? —Will sonríe y mueve las piernas en señal de estar de acuerdo.

—Es muy pulcro y limpio —indico.

—No te preocupes, Mattie —dice papá—. Esto solo durará un tiempo.

—¡Venid a ver esto! —grita V desde el rellano—. La sala de estar está arriba.

—Es para tener la mejor vista —explica mamá—. ¿No os parece fantástico?

Se puede ver a varios kilómetros de distancia.

—¡Puedo ver el mar! —grita V.

—¡No exactamente! —dice mamá.

—¡Es una casa al revés! —exclama V—. A Lily Pickles le encantará.

Lily Pickles es la mejor amiga de V y siempre está dando volteretas en las barras del colegio.

—Voy a contar las habitaciones —anuncia V y se va de nuevo.

Pienso en lo que ha dicho V y empiezo a preocuparme.

—Estás silenciosa, Mattie —dice mamá, que se da cuenta de todo—. ¿Qué ocurre? ¿No te gusta?

—Si es una casa al revés —digo—. ¿Dónde *están* los dormitorios?

—Algunos están arriba y otros abajo —el rostro de mamá se convierte en una

sonrisa—. Pero no hay ninguno en el sótano.
¿VALE?

—VALE —le devuelvo la sonrisa, feliz.

—Hay siete dormitorios —anuncia V
dándose importancia y apareciendo de
nuevo.

—Suficiente para que tengamos uno cada
uno —señala papá, pero se equivoca.

Lo sé todo acerca de las habitaciones por
persona. Lo aprendí en cálculo.

—No, no es suficiente. Ahora somos ocho.
Dos tendrán que compartir.

—¡Yo no! —declara Dontie.

—¡Yo tampoco! —manifiesta V.

—Stanley puede compartirla con Will
—sugiero, pero Stanley me mira alarmado.

—¡No! —exclama—. ¡Will huele demasiado!
Tiene razón.

—Vaya —dice papá guiñando el ojo

a mamá—. Tenemos un problema. Siete dormitorios y ocho personas. ¿Qué podemos hacer?

Nadie habla. Dontie, V, Stanley y yo queremos nuestro propio dormitorio.

—Qué pena —manifiesta mamá—. Esta casa me gustaba mucho.

—A mí también —comenta Dontie con tristeza.

—Y a mí —dice V enfurruñada.

—Y a mí —recalca Stan sombrío.

—Y a mí —digo con pena.

—Os diré qué vamos a hacer —mamá se vuelve hacia papá—. No me importa compartir, si a ti no te importa.

—No me importa en absoluto —afirma papá, y los dos se sonríen mutuamente.

Mis padres son estupendos. Mamá estaba harta de vivir apretados desde hacía años y naturalmente preferiría un dormitorio para ella sola. Y estoy segura de que mi padre también.

Todos lo queremos. Es evidente.

Capítulo 15

El lunes por la mañana, cuando hacemos lectura silenciosa, Lucinda pregunta:

—¿Os cambiáis de casa?

La miro atónita.

—¿Cómo lo sabes?

Lucinda lo sabe todo.

—Me lo ha dicho mi madre. Dice que tus padres han estado viendo casas por ahí.

En realidad, creo que es la madre de Lucinda quien lo sabe todo, y se lo cuenta a ella. Mamá asegura que si la madre de

Lucinda no está enterada de algo, es que todavía no ha sucedido.

—¿Habéis encontrado una?

—Sí.

—¿Cómo es?

—Grande y blanca.

—¿Como la mía?

—Más grande.

—¿Como el palacio de Buckingham?

—Más pequeña. Pero tiene columnas y un balcón. Y una piscina. Y una cancha de tenis.

—Parece como el palacio de Buckingham —dice Lucinda—. ¿Se puede salir al balcón y saludar a la gente como hace la reina?

—No. No hay nadie a quien saludar. Pero puedes ver el mar.

—¿En serio?

—Bueno, podrías si estuviera un poco más cerca.

—Lucinda y Mattie, callaos —advierte la señora Vozarrón.

—¡Lo siento, señora!

—¿Puedo ir a nadar en tu piscina? —sigue Lucinda poco después.

—Si quieres, sí —digo.

—¿Puedo ir mañana después del colegio?

—No creo que nos hayamos mudado todavía.

—¿Puedo ir el sábado después de la clase de *jazz* y *street dance*?

—Si quieres. Lo preguntaré a mamá.

—Lucinda y Mattie, ¿qué os he dicho? —nos reprende la señora Vozarrón.

—¡Perdón, señora! —Lucinda baja la voz y me dice—: Mi madre me ha dicho que me asegure de saber cuántos dormitorios tenéis en vuestra nueva casa.

—Siete.

—¿Puedo quedarme a dormir el sábado?

—Preguntaré a mi ma…

—Lucinda Packham-Wells y Mattie Butterfield, ¡no quiero repetirlo otra vez! ¡SILENCIO! —ruge la señora Vozarrón, como un toro enojado.

Es lo que hacemos.

Al salir del colegio mamá nos espera como de costumbre con Anika, Jellico y el bebé Will en su cochecito nuevo. Está rodeada de mamás.

—Un cochecito nuevo muy bonito —dice una.

—Para un bebé nuevo más que precioso —canturrea otra.

—Bueno, el viejo estaba un poco estropeado —explica mamá.

Creo que se refiere al cochecito, no al bebé.

—He oído que alguien se ha comprado un coche nuevo también —remarca una tercera mamá.

Creo que se refiere a nosotros.

¿Lo imagino o todas estas madres de pronto tienen los ojos verdes?

—Oh, bien, aquí están —dice mamá al vernos, ignorando a la mujer.

Normalmente no parece *tan* contenta de vernos.

Lucinda tira del brazo de su madre, pero *ella* está demasiado ocupada mirando a *mi* madre.

—¡Me gusta mucho tu nuevo chaquetón! —comenta.

Las mejillas de mamá adquieren un tono rosado.

—Era el momento de cambiarlo por uno nuevo —dice.

—¡Y el bolso nuevo!

Las mejillas de mamá pasan del rosa al rojo. No creo que desee hablar con la mamá de Lucinda, o con cualquier otra madre sobre nuestras cosas nuevas.

Lucinda tira otra vez del brazo de su madre, pero esta la aparta.

—Os cambiáis de casa pronto —observa la señora Packham-Wells, llena de curiosidad.

—Puede —dice mamá—. Es hora de irse, niños.

—¿Mamá? —masculla Lucinda, pero su madre la ignora.

—¿A algún lugar más grande? —persiste la madre de Lucinda.

—¡Mamá! ¡Escucha! Estoy intentando decirte…

—No interrumpas, Lucinda. ¿Habéis encontrado algo agradable, Mona? ¿Qué buscáis? ¿Cuatro dormitorios? ¿Podéis llegar a seis? El precio se dispara si pasas de tres…

—Siete —anuncia Lucinda.

Su madre y la mía observan a Lucinda. Lo mismo hacen las otras madres con enormes ojos verdes.

—Siete —repite Lucinda—. Su nueva casa tiene siete dormitorios. Más que la nuestra. Es lo que intentaba decirte.

—Nunca sabes con lo que te va a salir —la madre de Lucinda ríe violentamente.

—Me has pedido que lo averiguara —Lucinda parece sorprendida.

—No, ni hablar —murmura su madre con voz débil.

—Claro que sí. ¿Lo has olvidado? Has dicho, no olvides preguntar a Mattie si ya han encontrado una nueva casa. Averigua cuántos dormitorios tiene, has dicho. ¿Recuerdas?

Mamá frunce el ceño. Todas las madres ríen como si Lucinda hubiera contado un chiste. Excepto la señora Packham-Wells. Esta vez es ella la que está roja como un tomate.

No tiene buen aspecto. Coincide con sus ojos verdes.

Capítulo 16

Cuando papá viene a arroparnos en la cama, estoy de rodillas mirando por la ventana. Hay luna llena. Nuestro jardín trasero está lleno de las esculturas que papá nos ha ido regalando por nuestros cumpleaños. Esta noche a la luz de la luna se ven mágicas.

—¿Papá? ¿Podremos llevarnos las esculturas cuando nos mudemos?

—Mmm…, seguramente no.

—¿Por qué? —V se incorpora en la cama.

—Porque no les sentaría bien el viaje. Se

romperían en pedazos. De todas maneras, tampoco les gustaría estar en el nuevo jardín tan ordenado. Prefieren vivir en un viejo jardín salvaje como este.

—¡No voy a ninguna parte sin mi rana! —chilla V, llena de pánico.

—¡Yo no dejo la foca Will! —grazno alarmada.

—VALE, VALE. No arméis un lío. Podéis escoger una cada una; las envolveremos con cuidado en papel de periódico y nos las llevaremos. Pero tenéis que dejar el resto aquí.

—¿Qué pasa con el dragón? —llora V.

—¿Y los dinosaurios? —gruño.

—¿Y los delfines? —berrea V.

—¿Y el erizo? —gimo.

—¿Cannn…guuu…rooos? —se queja una vocecita.

Anika se ha despertado y se une a nosotras, con la misma determinación.

—Ya veremos —suspira papá, lo cual no es una buena respuesta. Cuando los adultos dicen *ya veremos*, en realidad quieren decir *esperemos que por la mañana lo hayáis olvidado.*

Pero no lo olvidaremos.

Una vez se ha ido, me quedo echada boca arriba en la cama escuchando los sonidos de la noche.

Fuera de la ventana de mi habitación, un búho ulula en el árbol.

Un tren suena al fondo de nuestro jardín en su camino hacia la vía muerta para pasar la noche.

Abajo, papá silba mientras lava los platos tarareando la canción que suena en la tele. Mamá está estirada en el sofá viendo su serie favorita mientras da de mamar a Will.

Hacía lo mismo cuando Anika era un bebé.

Sonidos agradables. Sonidos familiares. Sonidos para dormirse.

Me siento segura aquí con mis hermanas roncando a mi lado. Me doy la vuelta y me quedo hecha un ovillo junto a la cálida espalda de V como hago todas las noches, y cierro los ojos, dispuesta a quedarme dormida como un tronco.

Pero no puedo. Mi cabeza va a mil por hora, y una molesta vocecita se mofa de mí.

No podrás acurrucarte junto a V en la casa nueva. Estará en otra habitación. Anika también. Tú estarás en la tuya.

¿Y? Es lo que he deseado siempre…, una habitación para mí sola.

¿No es cierto?

Fuera, algo respira y hace ruido por el jardín. ¿Qué es?

¿Un tejón? ¿Un gato?

¡Un monstruo!

Contrólate, Mattie Preocupaciones. Sea lo que sea, estás a salvo aquí arriba.

Pero no estarás a salvo en la casa nueva. Dormirás en la planta baja. En medio de la nada. No se ve ninguna otra casa en kilómetros.

Cualquier cosa puede golpear tu ventana.

¡Cualquier cosa puede encaramarse a tu ventana!

¡Puede entrar un ladrón! *¡Y NO SE ENTERARÍA NADIE!*

Lloriqueo. No me gusta. Después de todo no quiero estar en una habitación para mí sola. ¡Los dormitorios de la casa nueva son enormes! Quiero acurrucarme al lado de V. Ella ahuyentaría al ladrón. Un ladrón tendría miedo de V.

Quiero dormir en el piso de arriba.

Quiero dormir con V.

Quiero llevarme *todas* las esculturas a la casa nueva.

¡Aaahh! Necesito hacer una Lista de Preocupaciones. Pero mamá se pondrá furiosa si despierto a las demás.

A dormir, Mattie. ¡Deja de preocuparte! Las cosas mejorarán por la mañana, siempre es así.

Finalmente, con el brazo alrededor de la barriga de V, agarrada a ella para sentirme a salvo, me duermo.

Pero al día siguiente, todo empeora.

Capítulo 17

Los abuelos quieren ver la casa nueva, por lo que papá los lleva en coche mientras estamos en el colegio. Cuando llegamos a casa, están sentados en la cocina tomando una taza de té.

—¿Qué os ha parecido? —pregunta mamá.

—Muy bonita —dice la abuela.

—Realmente muy bonita —corrobora el abuelo.

Pero no parecen muy entusiasmados.

Normalmente, cuando a la abuela le gusta algo, no para de alabarlo una y otra vez. Ahora, está callada y pensativa como si algo le rondara por la cabeza.

—¿Te ha gustado la cocina? —pregunta mamá.

—Preciosa.

—¿Qué os ha parecido la piscina? —pregunta Dontie.

—Fantástica.

—¡El jardín es ENORME! —dice Stanley.

—¡E-NOR-ME! —repite Anika abriendo los brazos.

En realidad es mucho más grande.

—Te mantendrá ocupado, Tim —comenta el abuelo.

—¿Te gustaría un trabajo? —pregunta papá.

—Demasiado lejos para ir a cortar el césped —bufa el abuelo.

—Será raro no poder entrar cuando nos apetezca —señala la abuela entristecida—. No creo que nos veamos a menudo a partir de ahora.

La miro sorprendida. No lo había pensado. Los abuelos vienen a menudo a casa, generalmente a la hora de cenar. A veces ponen a mamá de los nervios porque es la hora de más trabajo entre la cena, los deberes y acostar a los pequeños. Pero lo han hecho siempre, forman parte de nuestras vidas.

Ahora me entristece pensar que no voy a verlos con frecuencia. Creo que a Anika le pasa lo mismo, porque esconde la cabeza en el regazo de la abuela. Ella se la acaricia y da la impresión de estar a punto de llorar.

Lo extraño es que mamá también parece

a punto de llorar. Al cabo de un minuto, tío Vez asoma la cabeza por la puerta.

—¿Qué tal?

A tío Vez también lo vemos todos los días. Hace chapuzas, como cavar en el jardín, y mamá se asegura de que cene con nosotros antes de irse a su casa, no vaya a ser que no se moleste en cocinar. Tío Vez forma parte de la familia.

Dice que lo mantenemos joven, pero es mayor que los abuelos. Hoy parece un pirata con un loro en el hombro. Aunque es un conejo en lugar de un loro. Hipo es mi conejo, pero creo que quiere más a tío Vez. No me importa. Todos queremos a tío Vez.

Cuando se sienta, Hipo salta al respaldo

de la silla. Tío Vez pesca su bolígrafo del bolsillo de la chaqueta y da unas caladas. Fuma un bolígrafo en lugar de un cigarrillo desde que murió tía Etna. Tía Etna y tío Vez fueron los padres adoptivos de mamá cuando era pequeña.

Ahora está solo, pero nos tiene a nosotros.

—Cuánto silencio hay aquí —remarca tío Vez, pero nadie dice nada.

—¿Se os ha comido la lengua el gato? —pregunta. Es una broma. No tenemos gato—. Vamos a ver —dice después de un rato—, ¿qué ocurre? Desembuchad.

—Hemos encontrado una casa nueva —explica papá.

—¿Ah, sí? ¿Cómo es?

—Muy bonita —dice la abuela.

—Realmente muy bonita —corrobora el abuelo.

—Es una buena noticia —dice tío Vez—.
¿No?

—Está muy lejos —explico.

—Aahh —dice—. ¿Cómo de lejos?

—Entre una y dos horas en coche —explica
papá como si esto no significara una gran
distancia.

Entonces recuerdo que tío Vez no conduce.

—¿No habéis encontrado algo un poco
más cerca? —pregunta.

—No —dice mamá—. Hemos mirado
por todas partes.

—Bien —tío Vez se mete de nuevo el
bolígrafo en la boca y toma a Hipo.

Se queda sentado acariciando en silencio
al conejo que casi ronronea de placer.

En realidad, tío Vez se parece más a
un enanito de jardín que a un pirata. Un
enanito viejo, un poco desportillado y roto.

Sus manos y su rostro están cubiertos de manchas marrones a consecuencia del sol, porque siempre está en el jardín.

La primavera pasada plantó una parcela con hortalizas para nosotros con la ayuda de la abuela. Vendimos las verduras frente a la casa y conseguimos 25,40 € para el nuevo bebé.

Ahora mamá cuida de él. Y así tiene que ser, porque él cuidó de ella cuando era joven.

No quiero dejar solo a tío Vez. Tampoco a los abuelos.

Tengo un nudo en la garganta y me pican los ojos.

Ya no quiero ir a vivir a la nueva casa.

Capítulo 18

A la hora del recreo me siento apoyando la espalda contra la pared mientras observo a Lucinda que salta alrededor. Sacude el pelo, balancea las piernas, coloca los codos en ángulo recto y agita los brazos. Lo hace para mostrarme lo que aprendió en la clase de danza del sábado.

Lucinda es mi mejor amiga.

Al otro lado del patio puedo ver a mi hermano Stanley corriendo de espaldas con Rupert Rumble. Stanley está mejorando pero todavía pierde las carreras. Es porque Rupert es increíble haciendo cosas al revés. Puede contar y recitar el alfabeto al revés y también escribir al revés y ahora se lo enseña a Stanley.

Rupert Rumble es el mejor amigo de Stanley.

Por encima de los cubos de la basura veo a mi hermana V y a Lily Pickles charlando colgadas cabeza abajo de las barras. Siempre lo hacen. El pelo de Lily Pickles cuelga hasta el suelo y los pelos de V asoman a un lado. La señora Beasely vigila el recreo y acostumbra a reñirlas, pero hoy ni siquiera se ha dado cuenta. V dice que, según Lily Pickles, se piensa mejor cabeza abajo, porque la sangre se concentra en la cabeza.

Lily Pickles es la mejor amiga de V.

Es bonito tener un amigo o una amiga.

Aprendes mucho de ellos. Hoy aprendo *jazz* y *street dance* de Lucinda, que recita cosas como «*step-step,* giro básico», mientras pasa de un lado a otro. Tengo que concentrarme mucho y así no pienso que vamos a mudarnos.

—¿Puedo probarlo? —pregunto, y finalmente Lucinda acepta.

Me levanto y me coloco a su lado esperando instrucciones.

—Sígueme —dice, y dirige hacia delante el brazo derecho recto, luego inclina la cabeza y al mismo tiempo levanta la rodilla izquierda.

Hago exactamente lo mismo.

—Así no —dice—. Mira —y es lo que hago.

V viene a mi encuentro con Lily Pickles. Pasa algo malo.

Mi hermana V se enfada a menudo, con

frecuencia es divertida, siempre es valiente, habitualmente es impaciente, generalmente es amable, a veces se porta mal y en ocasiones se disculpa. Pero, a diferencia de mí, nunca, jamás, se preocupa por nada.

Incluso cuando no sabía leer porque no podía distinguir las letras, hacía ver que podía pero no le apetecía. Tuvo un montón de problemas en el colegio. (Y lo cierto es que no resulta una buena táctica. Por fortuna la abuela lo solucionó, pero esto es otra historia).

Yo soy la doña Preocupaciones de la familia, no V.

Pero hoy parece ¡MUY, PERO QUE MUY PREOCUPADA!

Stanley y Rupert Rumble también se acercan a ver qué ocurre.

—¿Qué pasa, V?

Una lágrima corre por su mejilla.

—¡NO QUIERO CAMBIAR DE COLEGIO! —berrea, y Lily Pickles también empieza a llorar.

—¿Por qué tienes que cambiarte de colegio? —pregunta Lucinda, sorprendida.

—Porque *(sollozo)*… la nueva casa *(hipo)*… está lejos *(balbuceo)*… y Lily dice *(gruñido)*…

que no podré venir más (*sollozo*)… a este coooleeeegio (*¡gemido!*).

Miro a mi disgustada hermana pequeña, que hace poco odiaba el colegio, y también a mi hermano pequeño, que adoró el colegio desde el primer día. Stanley parece aturdido.

¡OH, NO!

Tendremos que cambiar de colegio.

¿Por qué no lo había pensado?

Capítulo 19

Por la tarde hacemos escritura creativa. Podemos escribir sobre lo que nos apetezca mientras lo hagamos en silencio. La señora Vozarrón tiene dolor de cabeza.

A mí también me duele la cabeza. Mi cerebro está enredado como los espaguetis.

Mamá dice que cuando mi cerebro está enredado debo hacer una Lista de Preocupaciones y entonces mis preocupaciones desaparecerán.

Esto es lo que escribo.

LISTA DE PREOCUPACIONES

 No quiero mudarme a la nueva casa.

 No quiero estar lejos de tío Vesubio.

 No quiero alejarme de los abuelos.

 No quiero estar lejos de Lucinda.

 No quiero cambiar de colegio.

 No quiero mudarme. Y punto.

—¿Es una poesía? —pregunta Lucinda.

—No, es una Lista de Preocupaciones.

—A ver —la lee y entonces, ¡SORPRESA!, dos gruesas lágrimas brotan de los ojos de Lucinda y ruedan por sus mejillas.

Nunca, jamás en mi vida, había visto llorar a Lucinda. Ni siquiera cuando sus padres no se gustaban mucho.

Cuando salgo del colegio, mamá ya sabe que algo no funciona.

—¡Oh, oh! Llevas tu Cara de Preocupación —suspira.

Stan viene taciturno a nuestro encuentro. Normalmente corre por el patio haciendo el avión con Rupert Rumble, pero hoy está silencioso, mirándose los pies.

—¿Qué te pasa? —pregunta mamá mirándolo con suspicacia.

Antes de que pueda responder, V sale precipitadamente de su clase como empujada por un resorte, gritando:

—¡NO ES JUSTO!

—¡Espera! —ordena mamá, mirando a las otras madres que han dejado de hablar para escuchar—. Hablaremos de camino a casa.

Cuando las otras madres han quedado bien atrás, dice:

—Muy bien. Dilo ahora.

—¡No voy a ir! —dice V.

—¿Ir adónde? —pregunta mamá.

—A la nueva casa.

—Vaya sorpresa —mamá frunce el ceño.

—Yo tampoco —dice Stanley valientemente, y mamá parece sobresaltada.

—Ni yo —digo, y ahora mamá parece realmente alarmada.

Yo también lo estoy. No sabía que lo diría hasta que ha salido de mis labios. Pero lo curioso es que lo digo en serio.

—¿Qué ha motivado todo esto? —pregunta.

—No podemos mudarnos de casa —explico—, porque si lo hacemos, tendremos que cambiar de colegio.

—¡Ah! —parece tan culpable como cuando sorprendemos a Jellico lamiendo los platos.

Se me cae el alma a los pies. Así que es cierto.

—Vamos a hablar de todo ello.

—¿Cuándo?

—Cuando llegue el momento oportuno. Te conozco, señora Preocupaciones.

—¡No quiero cambiar de colegio! —me quejo.

—¡No empieces, Mattie! No hay nada por qué preocuparse. Es un colegio muy agradable, te encantará.

—No me gustará —dice V.

Probablemente es cierto. A V le costó mucho tiempo adaptarse al colegio. Pero mamá no da el brazo a torcer.

—No digas tonterías. Haréis un montón de amigos nuevos, ¿no será divertido? Harán cola para ser vuestros amigos.

Seguramente no es cierto. Puede que haya una pequeña cola para Stanley y puede que haya otra para mí; pero, a menos que en el nuevo colegio haya una Lily Pickles, es improbable que nadie haga cola para ser amiga de V (no te ofendas, V).

Suspiro profundamente. Mamá no se da cuenta.

Yo: «Esta no es la cuestión».

Mamá (enfadada): «¿Cuál *es* entonces la cuestión, Mattie?».

Yo: «Lucinda no se las arreglará sin mí».

V: «Y Lily no se las arreglará sin mí».

Stan: «Y Rupert no se las arreglará sin mí».

Los ojos de mamá se suavizan y se humedecen.

Yo (en el caso de que todavía no se haya dado cuenta): «Y tío Vesubio no puede arreglárselas sin ti».

Los ojos de mamá brillan y están llenos de lágrimas.

V: «Y los abuelos no pueden arreglárselas sin nosotros».

Mamá (con lágrimas en los ojos como las de Lucinda): «¡No lo sé! Ojalá no nos hubiera tocado la condenada lotería».

¡Oh, no! ¡Ya estamos! Es mi culpa, yo lo

he empezado. V, Stanley, Anika, Will y yo la miramos, con los ojos como platos, mientras se seca las lágrimas, se suena y suspira profundamente.

—¡Muy bien, está bien! —dice—. Ya lo he decidido.

Levantando el mentón como hace V, empieza a caminar tan deprisa con el cochecito que tenemos que correr para alcanzarla.

Capítulo 20

Tan pronto como entramos en casa mamá grita:

—¡TIM!

Papá llega corriendo del cobertizo.

—¿Qué ocurre?

—Llama a tus padres y diles que vengan enseguida. ¿Mattie? Ve a la esquina a buscar a tío Vesubio.

—¿Qué le digo?

—Dile que venga inmediatamente.

¡Porras! Estoy metida en un buen lío.

Mamá está furiosa conmigo porque no quiero mudarme a la nueva casa. Va a contarles a todos lo mala y desagradecida que soy.

Es el peor día de mi vida. Es como si todas mis Listas de Preocupaciones se hicieran realidad.

Cuando regreso con tío Vez, un hombre sale de una furgoneta con un cartel de «SE VENDE». Me resulta raro pensar que otra familia va a vivir en nuestra casa.

Los abuelos llegan en su coche.

—¿Dónde está el fuego? —pregunta el abuelo.

—Mamá está en pie de guerra —digo tristemente—. Estoy en un buen lío.

—Vaya —dice la abuela pasándome un brazo por los hombros—. Entremos y afrontemos las consecuencias, ¿de acuerdo?

Dentro, mis padres están de pie en la alfombra frente al fuego. Están muy serios. Papá sostiene una caja de zapatos.

Dontie está en casa, sentado y atento. Los demás también (excepto Will, que todavía no puede sentarse y duerme en su cochecito).

Da la impresión de que estamos en el colegio, como cuando la señora Vozarrón está enfadada con nosotros. Lo mismo deben de estar pensando los abuelos y tío Vesubio, porque sientan a V, Stanley y Anika en su regazo y se sientan sin decir palabra.

Ante mi sorpresa, papá abre la caja de zapatos y nos alarga un trozo de papel y un lápiz a cada uno.

—¿De qué se trata? —pregunta el abuelo.

—He comprendido que algunas personas de esta familia no quieren que nos mudemos a la casa de nuestros sueños.

—Bueno, nadie ha dicho que… —empieza la abuela nerviosa.

—Sí lo han hecho —la interrumpe mamá, mirándome y desearía que me tragara la tierra—. Así que vamos a aclararlo de una vez por todas.

—Vamos a votarlo —explica papá—. Si queréis que nos mudemos, poned un punto.

—Y si no queréis, haced una cruz —añade mamá.

—Solo hay una condición. Tenéis que decir la verdad, todos y cada uno de vosotros —da instrucciones papá—. Incluidos vosotros —mira a los abuelos y a tío Vez con los ojos pequeños y brillantes, y ellos asienten.

—Mamá votará por Will —aclara papá y V abre la boca para protestar, pero la cierra de nuevo. Sé que está pensando *¡No es justo!*, aunque lo es. Will tiene que ir con mamá a todas partes, por lo tanto es su responsabilidad.

—Y Mattie —añade mamá con amabilidad—, no tienes que preocuparte. No te meterás en ningún lío, decidas lo que decidas.

—Es una votación secreta —dice papá—, así que nadie sabrá quién ha hecho un punto o una cruz. Depositad vuestra papeleta en esta caja —señala la caja de zapatos y me doy cuenta de que tiene un agujero en la tapa—. Cuando hayamos votado todos, contaremos los votos.

—Es una elección libre y democrática —explica Dontie, a quien le gusta demostrar que está en el instituto—. El voto mayoritario gana, ¿verdad?

—Sí —afirma papá—. Votamos once personas. Si seis o más marcan un punto, nos mudamos. Pero si seis personas o más marcan una cruz, nos quedamos.

Miro alrededor a mi loca familia.

Papá, mamá, Dontie y Will estarán en el grupo de *quiero mudarme*.

V, Stan y yo en el de *quiero quedarme*.

¿Anika? Hará lo que decida Stan.

Pero, ¡ALERTA DE PREOCUPACIÓN!, ¡no va a saber qué decide Stan porque es una votación secreta! Y es más fácil poner un punto que una cruz cuando solamente tienes tres años.

¿Qué harán los abuelos y tío Vez? No quieren que nos mudemos. Pero los adultos son raros, nunca sabes lo que se proponen.

¡ALERTA DE PREOCUPACIÓN SUPEREXTRAORDINARIA!

—¿Os parece justo? —pregunta papá.

—A mí me lo parece —responde el abuelo.

—Y a mí —afirma tío Vez.

—Muy bien, escoged pues —dice papá.

Dibujo una cruz, doblo el papel y lo meto en la caja.

Capítulo 21

El voto es unánime. Eso significa que todos votamos lo mismo. ¡Lo más alucinante es que todos votamos la opción de quedarnos!

No puedo creer lo que ven mis ojos cuando cada trozo de papel, uno tras otro, revela una cruz. Es el mejor momento de mi vida. Incluso mis padres han votado quedarse. ¡Y Dontie! ¡Nunca lo hubiera imaginado!

—¿Dontie? Pensaba que querías mudarte a la casa nueva.

—Sí, hasta que papá y mamá me dijeron

que tenía que cambiar de colegio. Acabo de empezar en uno, no quiero cambiar tan pronto.

—¿Cuándo te lo han contado? —dice V, enfadada porque se lo habían dicho a él y no al resto.

—Hoy, cuando he vuelto del colegio.

Así que todo está bien. Sonrío a mamá. Entonces recuerdo que deseaba mucho vivir en su bonita casa nueva.

—¿Mamá? ¿Estás triste?

—No, Mattie, en absoluto. Creo que tu padre y yo nos precipitamos. Era una casa agradable, pero quedaba muy lejos. En algún momento tendremos que mudarnos porque…

—…¡estamos muy apretados! —todos acabamos la frase y ella se ríe.

—Es cierto. Pero tendremos que esperar

hasta encontrar la que nos guste realmente, cerca de aquí.

De pronto mi mano vuela hasta mi boca y doy un grito horrorizada.

—¿Qué ocurre ahora, Mattie? —pregunta mamá cansada.

—¡Es demasiado tarde! —aúllo—. ¡Tendremos que irnos a la fuerza!

—¿Qué le pasa? —pregunta Dontie.

—¡El cartel de «EN VENTA»! Está ya puesto. El hombre lo ha traído en su furgoneta.

—¿Seguro? —papá parece sorprendido.

—Había un hombre fuera con el cartel —corrobora tío Vez.

Corremos a la ventana y aplastamos las caras contra el cristal. Tenía razón. Está allí, en la verja de entrada, debajo de la farola.

—Es raro —dice mamá.

—No sabía que ya la habíais puesto a la venta —se lamenta la abuela.

—No lo hemos hecho —afirma papá, asomándose a la ventana—. Ah, ya comprendo… —ríe—, es al otro lado de la valla. Está en el jardín de la casa de al lado.

—Así queee… —dice mamá pensativa— ¿eso significa que la casa de al lado está en venta?

—Eso parece —sonríe papá—. Interesante.

—Bien, bien, bien —masculla el abuelo.

—Será fácil llamar —indica tío Vez.

—Más fácil imposible —comenta papá.

—Tendréis una casa el doble de grande que esta —explica la abuela.

—¡El doble! —repite mamá—. ¡Parece mentira!

—¿Viviremos aquí? —pregunta V.

—Aquí y en la casa de al lado. Podemos convertirla en una casa lo bastante grande para todos nosotros —asegura papá.

—¿Todos? ¿Los abuelos también? —pregunta Stanley.

—No, no —se apresura a decir la abuela—. Nosotros tenemos nuestra propia casa.

—¿Qué pasa con tío Vez? —pregunto.

Mis padres se miran y sonríen.

—¿Qué pasa contigo, tío Vez? —repite mamá—. ¿Te atreves con todos nosotros?

Tío Vez se saca el bolígrafo del bolsillo y da una calada mientras lo considera.

—Creo que puedo intentarlo —dice finalmente, y todos aplaudimos.

—¿Nosotros no tendremos que cambiarnos de colegio, verdad? —pregunto para estar segura.

—No, claro que no.

—¿Tendré mi propia habitación? —pregunta Dontie.

—Sí.

—¿Y un ordenador en la habitación?

—No presiones, chico —dice papá y se sonríen.

—¿Podemos comprarlo? —suplica V.

—¿Podemos?

—¡*Porfa!*

—Que lo decida mamá.

Mamá duda. Luego su rostro muestra una gran sonrisa.

—Mamá dice sí.

Saltamos, gritamos y despertamos al bebé Will.

Se une a nosotros.

Capítulo 22

Estoy en la cama, calentita, acurrucada junto a V. Hipo duerme a mis pies y es como una temblorosa botella de agua caliente peluda. Le han permitido dormir dentro, porque hoy hace mucho frío. A mi lado Anika ronca armoniosamente.

El tren traquetea más allá del jardín de camino hacia la vía muerta.

A dormir.

A dormir.

A dormir.

Papá ha apilado gruesos abrigos encima

de nuestros edredones para mantenernos confortables. ¡El hombre del tiempo ha anunciado en la tele que mañana puede nevar!

A pesar de lo cansada que estoy, ando demasiado nerviosa para dormirme.

Nos quedamos en casa.

Compramos la casa de al lado.

No vamos a mudarnos.

No tenemos que cambiar de colegio. ¡Y ya no viviremos apretujados!

Me siento tan feliz que abrazo a V. Se aparta, quejándose en sueños, de manera que la dejo y me abrazo a mí misma.

En el exterior hay una extraña luz, como si hubieran aterrizado extraterrestres.

Luchando contra abrigos y edredones, me arrastro hasta los pies de la cama y levanto la cortina.

¡No puedo creerlo! ¡Está nevando!

Los copos flotan en el cielo y aterrizan en las estatuas. Algunas ya están cubiertas, aunque todavía puedo adivinar tiburones nevados y dragones de nieve y una foca nevada llamada Will.

Observo cómo flotan y bailan los copos de nieve, dando vueltas y arremolinándose, hechizando nuestro jardín, transformándolo de un yermo paisaje a un mundo blanco lleno de magia.

Me encanta mi jardín.

Me encanta mi casa.

Me encanta mi loca familia.

Colecciona todos los libros de
MI LOCA FAMILIA
y descubre en cada uno una
aventura más de Mattie.

Antes de escribir su primera novela, Chris Higgins enseñó inglés y teatro en colegios de enseñanza secundaria durante varios años y también trabajó en el Minack, el teatro al aire libre de las colinas cercanas a Cornualles. Actualmente se dedica a escribir y es autora de diez libros para niños y jóvenes.

Está casada y tiene cuatro hijas. Le encanta viajar y ha vivido y trabajado en Australia, ha viajado haciendo autoestop a Estambul y a través de la llanura del Serengeti. Nació y creció en Gales del Sur, y ahora vive en el extremo oeste de Cornualles con su marido.